쓰는 기쁨

괴테 시 필사집

나를 울게 두오!

일러두기

* 시 원문은 괴테의 《J. W. Goethe, Gedichte: Ausgabe letzter Hand》(Gröls Verlag),
  《Johann Wolfgang von Goethe, Gesammelte Werke: Die Gedichte》(anaconda)를 참조
  하였습니다.

* 제목이 없는 시들은 시의 구별을 위해 첫 구절을 올려 제목으로 달았습니다.

* 원문은 각운을 맞춰 행을 바꾸었으나, 두 언어의 어순이 다른 점을 고려하여
  의미 단위로 행을 바꾸어 번역한 곳도 있습니다.

쓰는 기쁨

괴테
시 필사집

나를 울게 두오!

요한 볼프강 폰 괴테 · 배명자 옮김

🌱 나무생각

나를 울게 두오!

인류의 스승으로 꼽을 만한 독일 문학의 거장은 누구인가?
우리는 가장 먼저 괴테를 떠올릴 수 있다. 아마도 그와 견줄
만한 위대한 작가는 찾기 힘들 테다. "우리들의 정신은 결코
파괴되지 않는 존재, 영원에서 영원으로 끊임없이 이어지는
활동"이라고 굳게 믿은 작가! 괴테에게 문학이란 창공에서
형형하게 빛나는 태양과 같은 존재라고 할 수 있다.

괴테는 유복한 집에서 태어났다. 그는 부족함이 없는 환
경 속에서 모국어는 물론이거니와 라틴어, 그리스어, 프랑
스어, 영어, 이탈리아어 등 다양한 언어를 익히며 성장했다.
더 큰 행운은 성서와 히브리어, 이디시어를 익히면서 더 너
른 교양과 지식을 쌓을 기회가 주어진 것이다. 대대로 물려
받은 집안의 장서들과 다양한 언어 습득은 문학에 대한 깊
은 이해, 그리고 세련된 취향과 예술적 영감을 얻는 계기가
되었을 테다.

괴테에겐 인간을 둘러싸고 있는 것들을 향한 열정과 호기심, 명석한 분별력, 좋은 영향력을 제 것으로 취하는 재능이 넘쳤다. 그가 명석함에 더해서 예술의 소양을 키우는 데 보탬이 되는 천혜의 환경을 만난 것은 그의 축복이다. 일찍이 철학, 음악, 미술 등에 걸쳐 고루 교양과 지식을 갈고닦으며 천부적 재능을 꽃피울 날을 기다렸다. 그의 기다림은 결코 헛되지 않았다. 25세 때《젊은 베르테르의 슬픔》을 써내며 유럽 전체에 명성을 떨친 뒤, 반세기가 넘는 세월에 걸친 노력 끝에《파우스트》라는 대작을 완성한 것은 우연이 아니었다.

내가 소년 시절에 읽고 깊은 감명을 받은 괴테의 시는 〈휴식〉이란 시다. 괴테의 시에서 심장이 떨리는 벅찬 기쁨을 맛보고, 고전의 향기와 웅장한 영혼의 울림을 느끼며, 비로소 괴테를 소설가로만 알던 무지에서 벗어날 수 있었다. 괴테는 타고난 직관과 상상력으로 만물에서 시적인 영감을 구한 사람이다. 일곱 살에서 인생의 만년까지 겪은 인생의 온갖 희로애락을 시에 온전하게 녹여내는 창작을 쉰 적이 없었다. 괴테의 서정성 짙은 시들을 가사로 삼은 슈베르트와 모차르트의 가곡들이 당대를 넘어 지금까지도 널리 불리고 있다는 점에서도 그가 시성(詩聖)이라는 면류관을 쓰기에 부족함이 없음을 입증한다.

괴테의 "당신이 그리워/한밤중에 흐느껴 울었지요"(〈헛된 위안〉)라는 시 구절을 읽으며 깜짝 놀란다. 인간은 누군가를 그리워하는 존재라는 것, 괴테같이 위대한 인간조차 한밤중에 흐느낀 적이 있다는 사실에서 오는 놀라움이다. 그리움이란 아무 조건을 붙이지 않은 자기 증여의 내밀한 형식일 테다. 아울러 누군가를 사랑한다는 증거, 누군가를 향해 마음을 무작정 보낸 상태, 마음이 상대에게 가닿았는지 아닌지를 모르는 상태일 때 생기는 아스라한 감정이다.

사랑하지 않는 자에겐 그리움이 깃들 여지도, 사랑의 상처가 생길 까닭도 없다. 그리움은 막막하고 마음에 고통의 자취를 남긴다. 그래서 괴테는 "그리움을 아는 사람만이/나의 아픔을 알리라!"(〈그리움을 아는 사람만이〉)라고 썼을 테다. 아, 나는 언제 사무치는 그리움으로 울었던가?

좋은 시는 일상과 우주의 질서 감각을 찾아 우리를 제자리로 되돌려 놓는다. 더 나아가 우리 안에서 일렁이는 불안과 초조함을 잠재우고 마음을 고요하게 다독인다. 좋은 시는 고갈된 내면에 힘과 의지를 채우고, 우리를 기어코 일으켜 살게 한다. 괴테는 "운명에 맞설 필요 없지만/운명에서 도망칠 필요도 없다!"(〈기억하라〉)라고 쓴다. 보통 사람들은 제 운명에 당당하게 맞서지 못한 채 항상 회피하고 도망치기에 바쁘다. 왜? 불행의 운명에 엮이는 것을 두려워하는 까닭이다. 어떤 운명이라도 좋다! 오라, 운명이여, 몇 번이라도 좋다! 이런 의연함은 쩨쩨한 삶에 붙잡혀 사는 자에게서는 기대하기 어려운 덕목이다. 삶의 품위와 의연함은 용기 있는 자들의 몫이다. 괴테는 자칫 무르고 약해지기 쉬운 우리에게 운명에서 도망치지 말고 당당하게 맞서라고 청유한다.

가엾어라, 늘 인생의 어두운 골짜기를 헤매며 고통을 당하는 자, 행복을 모른 채 나락으로 추락하는 자, 불의에 무릎을 꿇은 채 슬픔과 낙담에 속수무책으로 감염되는 자들이여. 부디 시에서 위로를 구하고, 행복을 찾으시라! 차가운 가슴에 열정의 불꽃을 지피지 못하고, 정수리가 열리는 듯한 기쁨을 주지 않는다면 그런 시를 굳이 찾아 읽을 필요는 없다. 오직 공감각을 자극하는 시, 참다운 삶에 이르도록 돕는 시, 영혼에 깊은 울림을 주는 시를 사랑해야 한다. 어쩌면 "눈물 젖은 빵을 먹어보지 못한 사람", "수많은 괴로운 밤

을 울며 지새운 적이 없는 사람"(〈눈물 젖은 빵을 먹어보지 못
한 사람〉)에겐 아예 시집 따위는 필요가 없을지도 모른다.

　위대한 정신으로 충만한 괴테 시집은 오직 가난의 누추
함을 뚫고 빛나는 존재로 도약하는 사람들의 몫이다! 진지
함도 다정다감함도 모르는 사람이나, 신들과 하늘이 준 힘
을 알지 못한 채 무지몽매함으로 헤매는 자들은 이 시집을
읽을 자격이 없다. 어리석은 자들은 절대로 "진정한 행복은
만족에서 오고/만족할 것은 사방에 널렸다네!"(〈독수리와 비
둘기〉)라는 진리에 동의하지 못할 테니까!

　"너, 겁먹은 자의 눈물을/한 번이라도 닦아준 적이 있는
가?"(〈프로메테우스〉)라는 물음으로 우리 내면을 뚫고 들어올
때 우리는 그 비범함에 화들짝 놀란다. 당신이 돌연 제 생을
소환하고 돌아본다면 이건 순전히 물음 자체가 가진 힘 때
문이다. 물음이란 우리를 진실과 진리에 가까워지게 이끄는
동력이다. 누구나 그 힘에 이끌려 나와 스스로를 돌아보고
더 나은 방향으로 나아간다.

　괴테의 시는 본질을 직시하고 세상 이치의 핵심을 꿰뚫
는다. "아시나요? 레몬꽃 피는 나라,/어두운 잎들 사이 금
빛 오렌지 빛나고/파란 하늘에서 부드러운 바람 불어오고/

은매화 고요히, 월계수 드높이 서 있는/그 나라를 아시나요?"(《미뇽》)라고 물음을 던질 때, 이 물음은 남루한 현실 너머를 꿈꾸게 하며, 우리를 피안으로 이끌어간다. 인간에겐 여기가 아닌 저기, 현실이 아닌 저 너머를 동경하고 꿈꿀 자유가 있다.

시인이란 찰나에서 영원을 보고 한 떨기 꽃에서 우주의 파동을 보는 자[見者], 세계와 사물을 처음으로 인지하는 발견자, 미지의 감정과 떠도는 별에게 이름을 찾아 호명하는 작명가들이다. 시를 아는 건 찰나와 영원에 걸쳐진 모든 것을 아는 것! 시인이란 어두운 밤길을 밝히고 우리의 갈 길을 일러주는 북극성 같은 존재들이다. 시를 모른 채 산다는 건 끔찍한 일이다. 무지몽매함 속에서 허우적이다가 메마른 죽음을 맞을지도 모르는 까닭이다. 아마도 동물과 다를 바 없이 짧고 비천한 삶에 속박된 채로 살다가 문득 이 우주에서 사라질지도 모른다.

나를 울게 두오!
끝없는 사막에서 밤에 에워싸여 울게 두오
낙타들이 쉬고, 몰이꾼도 쉬고

아르메니아인 조용히 앉아 돈을 헤아릴 때
나, 그 곁에서 먼 길을 헤아리네
나와 줄라이카를 갈라놓는 먼 길,
그 길을 더 길게 늘리는 야속한 굽이굽이 자꾸 되풀이되네
나를 울게 두오!
우는 건 수치가 아니라오
우는 남자들은 선한 사람이었다네

_괴테, 〈나를 울게 두오!〉 중에서

언젠가 파주 출판단지 안에 있는 한 디자인 회사 건물을 방문한 적이 있다. 건축가 승효상이 설계한 그 건물에는 '울기 좋은 방'이라 이름 붙인 특별한 방이 있었다. 천창으로 파란 하늘이 보이는 그 작은 방은 장식도 기물도 없이 텅 빈 채로 나를 맞았다. 단순 소박한 그 방에 들어선 순간 나는 울고 싶어졌다. 무릎을 꿇은 채 엉엉 울고 나면 내 안에 쌓인 감정의 찌꺼기들이 씻겨 나갈 것만 같았다. 울고 싶을 때 우는 건 수치가 아니다. 누구나 살다 보면 울 때가 있고 웃을 때도 있다. 자기감정에 솔직한 사람은 울 때 목 놓아 울고 웃을 때 힘껏 웃는다. 자기감정을 속이지 않는 사람

은 누구보다도 선량한 사람일 것이다. 밤의 사막 한가운데서 혼자 우는 사람이 그렇듯이.

어느 호젓한 저녁, 나는 '울기 좋은 방'을 떠올리며 〈나를 울게 두오!〉를 읽는다. 쓰러진 자에게 일어설 용기를, 복잡한 감정을 단순하게 만들 영감을 주는 시에 진실로 감사하며!

누가 괴테 시집을 읽고 필사하는가? 고전의 품격이 넘치는 이 시집을 앉은 자리에서 끝까지 읽었다. 이 시집을 읽는 내내 삶에 대한 통찰과 지혜, 사랑의 황홀과 고통, 영혼을 녹이는 전율, 행복과 불행을 분별하는 고찰, 숭고함이란 감정을 곱씹으며 추체험한다. 괴테 시집은 생을 아끼고 제 안의 슬픔과 상처에 예민하게 반응하며, 기어코 사랑과 행복을 찾으려는 자에게 읽을 자격이 주어진다. 산다는 것에 대한 찬미, 첫사랑을 위한 노래, 고전의 아취, 인생 경험에서 길어낸 자양분을 머금은 아포리즘들로 이루어진 괴테 시집을 고요하고 평화로운 가운데 필사했다면 그 시간은 분명 당신을 위한 쏠쏠한 행운이자 투자임이 분명할 테다.

장석주(시인, 문학평론가)

마음에 새기기 위한
느린 손놀림

시는 보통 읽거나 낭송하는 텍스트로 이해된다. 하지만 시
야말로 천천히 곱씹어 음미해야 할 텍스트다! 시를 소비하
는 가장 올바른 방법이 어쩌면 한 글자 한 글자 써보는 것일
지도 모른다. 직접 시를 짓는 것 못지않게, 시를 짓는 마음
으로 시를 적어 보는 것 역시 마음에 진한 자국을 남길 거라
확신한다.

　괴테라고 하면 가장 먼저 《젊은 베르테르의 슬픔》이나
《파우스트》를 떠올리고, 뭔가 비통하고 장엄하고 무겁고 진
지한 시를 예상할 것 같은데, 그렇지 않은 시들도 많다. 물
론, 괴테는 독일문화원(괴테 인스티튜트)에 이름을 줄 만큼 세
상에 널리 알려진 대문호이고 장엄한 시들도 적지 않다. 반
면 사랑을 빼놓고는 그의 시를 논할 수 없다는 평이 있을 정
도로 인생 자체가 사랑의 역사로 채워져 있다. 어려서는 친
구의 어머니를 사랑하고, 젊어서는 수많은 여인을, 노년에는

10대 소녀를 사랑하는 등, 유난스러운 사랑의 행적이 그에게 많았던 것은 사실이다. 그러나 괴테는 시와 사랑 외에도, 식물학, 해부학, 물리학, 철학, 연극, 정치 등등 다방면에 재능이 출중했다. 이런 다채로운 괴테의 인생과 철학, 정서를 독자들께 소개하고 싶었다. 그래서 괴테의 대표적인 시들과 더불어 인간적이고 유쾌하고 솔직한 시들도 추려 담았다.

예를 들어, 〈한 사내가 손님으로 왔고〉에서, 나는 마지막 행에서 혼자 소리 내어 웃었다. 자신의 시에 대해 이러쿵저러쿵 평하는 비평가들이 얼마나 미웠을까 수긍이 가기도 했고 그 비유가 너무 절묘하여 웃음이 터졌다. 그리고 〈호의적인 분들께〉에서는 "칭송과 비난이 따르기 마련이지요"라고, 〈베니스 경구 18〉에서는 "한 편의 시, 그것은 더 보잘것없다/그런데도 수천 명이 즐기고/수천 명이 비난할 수 있다"고 고백한다. 시인 괴테의 솔직한 심정을 엿볼 수 있는 대목이다. 또한 〈베니스 경구 14〉를 읽으면서는 괴테가 말하는 '최악의 소재'가 무엇이었을지 한참을 사색에 잠기기도 했다. 사랑의 욕정과 그로 인해 겪은 낭패까지도 솔직하게 고백하고, 〈마법사의 제자〉처럼 경쾌한 유머도 구사하니 세계적인 철학자이자 시성인 괴테가 같은 인간으로서 매우 친숙하게 다가오는 것도 사실이다.

그러나 많은 경우, 아마도 시구 하나에 마음이 떨리는 순간을 만날 수 있을 것이다. 또한 관용구나 속담으로 알고 있던 글귀가 사실은 괴테의 시에서 유래했다는 것을 확인하고 '아하!' 하는 순간도 있을 것이다. 예를 들어, "반짝이는 것이 모두 금은 아니고"(〈라인강과 마인강〉), "눈물 젖은 빵을 먹어 보지 못한 사람"(〈눈물 젖은 빵을 먹어보지 못한 사람〉)에서 그러리라. 여담 하나 하면, "눈물 젖은 빵"을 혹시 "눈물 젖은 밥"으로 바꿔야 하나, 잠깐 고민했었다. 괴테에게 빵은 우리에게 밥일 테니까. 실제로 어떤 영화의 자막에서 밥으로 번역한 사례도 봤었다. 하지만 '눈물 젖은 빵'은 이제 관용구로 굳어졌다고 판단해 그대로 쓰기로 했다.

괴테의 대표작 《파우스트》와 《젊은 베르테르의 슬픔》의 흔적도 만날 수 있다. 〈보물 찾는 이〉에는 "내 영혼을 가져가라! 피로 계약했다"라는 구절이 나오는데, 이는 파우스트가 메피스토펠레스에게 영혼을 팔면서 피로 서명하는 장면과 연결된다. 〈젊은 베르테르의 슬픔 2판에 붙인 시〉는 '2판'이라는 데서 짐작할 수 있듯이, 1판이 큰 인기를 끌면서 자

살하는 젊은이가 걷잡을 수 없이 늘어나자 2판 앞머리에 이런 시를 넣은 것이다.

보라, 그의 정신이 무덤에서 그대에게 손짓한다
사내답게 살라고, 나를 따르지 말라고

_괴테, 〈젊은 베르테르의 슬픔 2판에 붙인 시〉 중에서

마지막으로 변명과 당부를 하고 싶다. 시를 번역하는 건 반쪽짜리 작업이다. 시는 내용뿐 아니라 형식으로도 메시지를 전달하기 때문이다. 그러나 어쩌랴, 외국어의 한계를 인정하고, 최대한 감정의 일치를 목표로 의미 전달에 최선을 다했다. 그러니 부디, 시인이 어떤 심정으로 이 시를 썼을까, 상상해 보기 바란다. 시어들이 나에게 무엇을 말하는지도 느껴보기 바란다. 짧은 시구 안에 담긴 무궁무진한 메시지를 '발굴'해 내기 바란다.

자, 그럼 펜을 들고 시 속으로 들어가보자!

배명자

| 차례 |

1부 낮을 가둔 동굴에서

2부　물의 정령들이 부르는 노래

3부 그리움을 아는 사람만이

4부 나를 울게 두오!

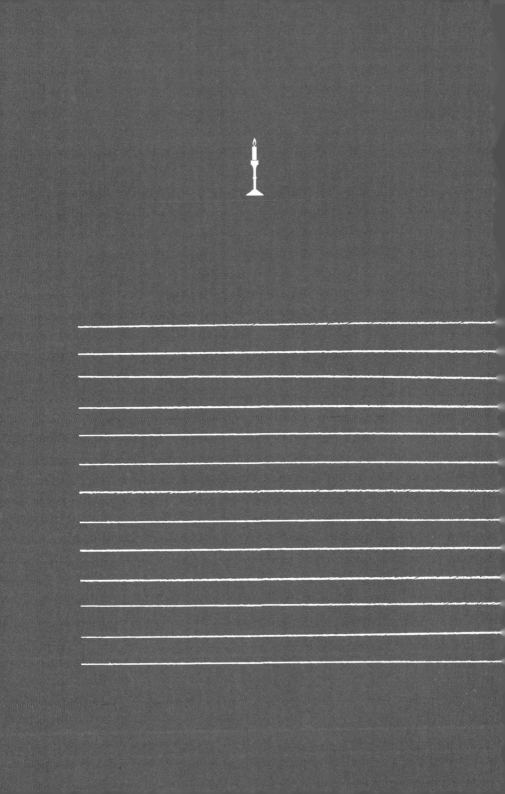

1부

낮을 가둔 동굴에서

들장미

한 소년이 작은 장미꽃 한 송이 보았네
들에 핀 장미, 갓 피어나 풋풋하게 고왔네
가까이서 보려고 얼른 달려가
기쁨에 겨워 바라보았네
장미, 장미, 장미, 붉은 장미, 들에 핀 장미

소년이 말했네
들에 핀 장미, 널 꺾을 테야!
장미가 말했네
영원히 날 기억하도록 널 찌를 거야
참고만 있지는 않겠어!
장미, 장미, 장미, 붉은 장미, 들에 핀 장미

거친 소년이 꺾어버렸네
들에 핀 장미, 저항하며 찌르고
아파하고 슬퍼해도 소용이 없어
그냥 참을 수밖에 없었네
장미, 장미, 장미, 붉은 장미, 들에 핀 장미

슈타인 부인에게 보내는 편지에서

우리는 어디에서 왔을까요?

　사랑에서.

우리는 왜 길을 잃을까요?

　사랑이 없어서.

무엇으로 어려움을 이겨낼까요?

　사랑으로.

무엇으로 사랑을 찾아낼 수 있을까요?

　사랑으로.

무엇으로 긴 눈물을 그치게 될까요?

　사랑으로.

우리를 늘 하나로 묶어주는 건 뭘까요?

　사랑입니다.

Goethe

Talismane, Amulete, Abraxas
Inschriften und Siegel

어머니께

문안도 편지도
오랫동안 드리지 못했으나
혹여 어머니를 향한 아들의 사랑이
가슴에서 식은 건 아닐까
그런 의심일랑 부디 마음에 들이지 마셔요
아닙니다!
강물 깊은 곳에 영원한 닻으로 깊이 박힌 바위처럼,
때로는 폭풍 같은 파도가, 때로는 잔잔한 물결이
덮치고 휩쓸며 그 모습 가려도
꿋꿋이 제자리를 지키는 바위처럼
어머니를 사랑하는 내 마음은
꿋꿋이 제자리를 지키고 있습니다
사랑이 고개 들어 태양을 보지 못하게
때로는 고통의 채찍질이 폭풍 같은 파도로
때로는 기쁨의 어루만짐이 잔잔한 물결로
덮치고 휩쓸고 가리며 방해하더라도,
사방으로 반사되는 빛을 겨우 받아
아들이 어머니를 얼마나 존경하는지
그저 눈으로만 말할 뿐이더라도!

명심

아, 무엇을 바라야 할까
가만히 있는 것이 나을까
단단히 움켜잡고
한곳에 머무는 것이 나을까
뭐라도 하는 것이 나을까
작은 집 하나는 지어야 할까
차라리 천막에 살아야 할까
바위에 의지해야 할까
굳건한 바위도 흔들리긴 매한가지인데!

한 가지가 모두에게 맞는 건 아니니
저마다 자신이 무얼 하고 있는지 보라
저마다 자신이 어디에 머무는지 보라
그리고 서 있는 자여
자신이 넘어지고 있지는 않은지 보라

Goethe

Nord und südliches Gelände
Ruht im Frieden seiner

잠에게

그대의 아편으로
신들을 눈 감게 하고,
거지들을 왕좌로, 목동들을 소녀에게로
데려다주는 잠이여
내 말을 들어다오
오늘은 어떤 꿈도 펼쳐지길 원치 않으니
사랑하는 잠이여
그대의 가장 위대한 임무를 내게 해다오

나의 소녀 내 곁에 앉았고
그녀의 눈이 욕망을 말하는구나
단단히 버티고 있는 비단옷 속에서
그녀의 부푼 가슴 터질 듯 들썩인다
키스하고 싶어 내 입술 자꾸 다가가지만
아— 지금은 참아야 하리
저기 어머니가 앉아 계시니!

오늘 저녁 나 다시 그녀 곁에 앉았으니
오, 잠이여
어서 와 너의 깃털 흔들어 아편을 뿌려다오

이제 어머니 잠드시고 등불도 흐려지리라
어머니가 스르르 그대 품에 안기듯
사랑에 달아오른 나의 소녀
조용히 내 품에 안기리라

밤

사랑하는 이의 거처,
이 오두막을 나가
나직한 발걸음으로
이 적막한 숲을 기쁘게 거닌다
달님은 참나무의 어둠을 밝히고
산들바람은 달님의 항로를 알려주고
자작나무는 몸을 흔들어
달콤한 향 뿌려주는구나

가슴에 와닿아
영혼을 녹이는 전율
서늘한 덤불숲을 감돈다
얼마나 아름답고 달콤한 밤인가!
기쁨! 즐거움! 더할 나위 없다!
그렇지만 하늘이여
그대에게 수천 밤을 허락할 테니
나의 소녀가 내게 하룻밤만 허락하게 해다오

기쁨

저기 우물가
변덕쟁이 잠자리
날개를 팔랑일 때마다
짙은 색에서 연한 색으로
빨갛고 파랗다가 금세 초록으로
카멜레온처럼 변하네
오, 그 빛깔
가까이서 볼 수 있다면!

지금 그 작은 것이 내 앞에 날아와
고요한 버드나무에 살포시 앉는다
잡았다, 잡았어!
가까이서 자세히 살펴보니
음울하고 어두운 퍼런빛이네

기쁨을 조각조각 살피는 자여!
그대도 이와 같으리

달에게

첫 빛의 자매
슬픈 사랑의 표상
그대의 매혹적인 얼굴 어루만지며
안개가 은빛으로 퍼진다
그대의 조용한 발걸음이
낮을 가둔 동굴에서
슬프게 작별한 영혼들을, 나를,
야행성 새들을 깨운다

탐색하는 그대의 시선
아득히 먼 곳을 향하는구나
그대 곁으로 나를 들어 올려
이 몽상을 행복으로 바꿔주려무나!
그러면 이 노회한 기사는
애욕으로 가득한 고요 속에서
유리창 창살 사이로
그녀의 밤들을 지켜보리라

애욕이 왕좌에 오르고
은은한 달빛이 그녀의 통통한 몸을 감싸면

나의 시선은 취한 듯 아래로 향한다
달 아래 감출 게 무엇이랴!
아, 이 무슨 한심한 소망이란 말인가!
넘치는 욕망을 채우러
저기 위에 걸려 있으려 하다니
쯧, 그대 거기서 흘겨보다 눈이 멀었구나!

나 너를 사랑하는지, 나는 모른다

나 너를 사랑하는지, 나는 모른다
단 한 번 너의 얼굴 보기만 해도
단 한 번 너의 눈을 보기만 해도
마음의 괴로움 모두 사라지니
어떻게 이런 일이 내게 일어났는지는
하느님만 아시리!
나 너를 사랑하는지, 나는 모른다

....

....

....

....

....

....

....

....

....

....

....

Talismane, Amulete, Abraxas
Inschriften und Siegel

프로메테우스

제우스여, 구름안개로 너의 하늘을 덮어라
엉겅퀴 목을 치는 소년처럼
참나무나 산꼭대기와 겨뤄라
하지만 나의 땅은 가만히 두어라
네가 짓지 않은 나의 오두막과
네가 시샘하는 나의 타오르는 화덕도
가만히 두어라

태양 아래 너희 신들보다
더 가련한 이를 나는 알지 못한다
너희는 희생제물과 탄식의 기도로
너희 권위를 간신히 지탱하고 있으니
어린아이와 거지들,
희망에 찬 바보들이 없었더라면 굶주렸을 터!

나 어릴 적,
어디로 나가고 어디로 들어가는지 몰랐을 적에
길 잃은 내 눈은 태양을 향했었지
그 너머에 길이 있기라도 한 듯이
내 탄식을 들어줄 귀 하나,

억눌린 자를 불쌍히 여겨줄
나와 똑같은 마음 하나 있기라도 한 듯이!

거인족의 오만에 맞서 누가 나를 도왔던가
누가 죽음으로부터 나를 살리고
노예 상태에서 나를 구했던가
성스럽게 불타는 나의 마음이
모든 것을 스스로 완성하지 않았더냐
젊고 선량한 나의 마음은
저 높은 곳에서 잠자는 이에게 기만당한 채
구원에 감사하며 타오르지 않았더냐

너를 공경하라고? 무엇 때문에?
너, 무거운 짐에 짓눌리는 자의 고통을
한 번이라도 덜어준 적이 있는가?
너, 겁먹은 자의 눈물을
한 번이라도 닦아준 적이 있는가?
나를 남자로 단련시킨 것은
전능한 시간과 나와 너의 주인인
영원한 운명이 아니었더냐

어린 소년의 원대한 꿈이
모두 무르익지 않았다 하여
내가 삶을 증오하고 황야로 도망칠 거라
너 혹시 착각하는가?

나 여기 앉아
나처럼 괴로워하고, 울고, 즐기고, 기뻐하고,
나처럼 너를 공경하지 않는
나를 닮은 족속을 빚어내노라

가뉘메트*

봄이여, 연인이여!
새벽 여명이
세상을 붉게 물들이듯
그대의 영원한 온기
성스러운 느낌
무한한 아름다움이
수천 겹 사랑의 환희로
내 마음에 밀려드는구나

나 그대를
이 팔 안에 안고 싶어라!

아, 그대 가슴에 누워
나 목말라하고
그대의 꽃, 그대의 풀
내 마음에 밀려든다
사랑스러운 아침 바람
내 가슴의 불타는 갈증 식혀주고
밤꾀꼬리들

안개 골짜기에서
사랑스럽게 나를 부른다

가리라! 나, 가리라!
어디로? 아, 어디로?

위로, 위로
구름 두둥실 떠 있는 그곳으로 오르리
그 구름 아래로 내려와
그리던 사랑에게로, 내게로
몸을 굽히는구나
나, 그 품에 얼싸 안겨
위로 오르리!
만물을 사랑하는 아버지여,
그대 가슴에 안겨
위로 오르리!

● 가뉘메트(Ganymed)는 그리스 신화에 등장하는 인물로, 가장 아름다운 인간을
상징한다. 제우스가 독수리로 변장하여 그를 하늘로 데려가 술 따르는 시종으
로 삼았다.

한 사내가 손님으로 왔고

한 사내가 손님으로 왔고
신경 쓸 만한 사람이 아니었기에
평소 먹던 그대로 상을 내었지
그 사내 배 터지게 처먹고
아껴두었던 내 후식까지 먹어 치웠지
차츰 지겨워지려던 참에
악마가 놈을 이웃집으로 인도했는데
그 사내 내 집 음식을 두고 이러쿵저러쿵 떠들었지
수프가 싱겁네,
고기가 덜 익었네,
술이 숙성이 딜 되었네…
제기랄!
때려죽일 놈, 개 같은 놈,
평론가 놈!

Goethe

Nord und südliches Gelände
Ruht im Frieden seiner

짧은 격언과 위로의 말

신도 인간도 싫고
아무것도 가슴에 와닿지 않는
그런 날이 있다
예술이라고 다르겠는가?
만족과 힘은 결코 멀리 있지 않으니
좋지 않은 때에 자신을 닦달하지 마라
힘 빠진 시간에 잠시 쉬어간다면
좋은 때에는 두 배로 힘이 나리니

....

....

....

....

....

....

....

....

....

....

....

제비꽃

심지 굳은 제비꽃 한 송이
고개 숙인 채 아무도 모르게 초원에 서 있네
젊은 양치기 아가씨
발걸음도 가벼이 즐거운 마음으로
이리로, 이리로, 초원으로 노래하며 오고 있네

제비꽃 생각하네
아, 내가 자연에서 제일 멋진 꽃이었으면,
아, 사랑하는 이 나를 꺾어
잠시만이라도 가슴에 살포시 안아주었으면!
아, 잠시만이라도, 아, 잠시만이라도,
반의 반 시간만이라도!

아, 그러나
양치기 아가씨 다가와서
거기 꽃이 있는 줄도 모르고 그만 밟아버렸네
가엾은 제비꽃
쓰러져 죽어가면서도 기뻐하네
나 이렇게 죽지만 그래도 그녀에게,
그녀에게, 그녀에게 밟혀 죽는다네!

젊은 베르테르의 슬픔 2판에 붙인 시

제1권
어느 소년이든 그처럼 사랑하기를
어느 소녀든 그녀처럼 사랑받기를 갈망하리라
아, 우리가 느끼는 가장 신성한 충동
왜 거기서 지독한 고뇌가 솟구치는 걸까?

제2권
사랑스러운 영혼이여, 그대 울고 있구나
그대 그를 사랑했구나
그대 그의 기억을 치욕에서 구하는구나
보라, 그의 정신이 무덤에서 그대에게 손짓한다
사내답게 살라고, 나를 따르지 말라고

Goethe

Talismane, Amulete, Abraxos
Inschriften und Siegel

새로운 사랑, 새로운 인생

심장아, 너 심장아, 무슨 일이냐
어째서 이리 급히 뛰느냐
이 얼마나 낯설고 새로운 인생이란 말인가!
너 몰라보게 변했구나
네가 사랑했던 모든 것과
너를 상심케 했던 모든 것 사라지고
너의 노력과 평온도 사라졌구나
아, 어떻게 이런 일이 네게 일어났을까

활짝 핀 젊음
사랑스러운 몸매
신의와 선의로 가득한 그녀의 눈길이
무한한 힘으로 너를 사로잡았느냐
서둘러 벗어나려 해도
용기 내 도망치려 해도
아!
한순간에 내 발은 그녀에게로 향하고 만다

사랑스럽고 발랄한 소녀,
내 뜻일랑 아랑곳없이

끊을 수 없는 마법의 실로
나를 단단히 묶어버렸으니
나 이제 그녀의 마법에 걸려
그녀 뜻대로 살 수밖에 없으리
아, 이 얼마나 큰 변화인가!
사랑아, 사랑아, 나를 놓아다오!

그리움

형언할 수 없는 새로운 고뇌로
더 많은 아픔을 만들어 스스로를 달래는
불타는 심장,
거기서 솟아오르는 눈물,
이 눈물이 마지막 눈물은 아니리

오, 아픔이 신경과 혈관을 헤집어 놓고
고통이 계속되더라도,
나 어디서나 항상
사랑을 느끼게 해다오

오, 영원한 이여,
한 번이라도 그대로 가득 채워질 수 있을까?
아, 이 길고 깊은 고통이
얼마나 더 계속될까!

산에서

사랑하는 릴리,
내가 그대를 사랑하지 않았다면
이 경치가 내게 무슨 기쁨을 주겠어요!
사랑하는 릴리,
내가 그대를 사랑하지 않았다면
어디에서 행복을 찾을 수 있겠어요!

쉼 없는 사랑

눈과 비를 헤치고
바람에 맞서서
서리 낀 계곡과
자욱한 안개 뚫고
앞으로! 앞으로!
쉼 없이, 멈춤 없이 가자!

인생의 수많은 쾌락을 참느니
차라리 고뇌를 부수며 나아가리라
심장에서 심장으로 향하는
그 모든 애정
아, 어찌 그리도
독보적인 고통을 만들어내는가!

어떻게 달아나야 할까?
숲으로 가야 할까?
모두 부질없다!
인생의 왕관,
멈추지 않는 행복,
사랑, 너구나!

Nord und südliches Gelände

Ruht im Frieden seiner

희망

내 두 손에 놓인
하루하루의 임무가 있으니,
해내야 하리라!
내가 완성하는 고결한 행복이니
오, 부디 나를 지치게 하지 말아다오
공허한 소망이 아니다
이 나무들도 지금은 줄기뿐이지만
언젠가 열매와 그늘을 주리라

근심

맴돌듯 다시 또다시
이렇게 돌아오지 말아다오!
오, 제발 나를 가만히 내버려둬라
오, 제발 내게 행복을 허락해 다오!
도망쳐야 할까? 붙잡아야 할까?
절망은 할 만큼 했다
근심이여,
내게 행복을 허락하지 않으려거든
이제 나를 현명하게 해다오!

용기

걱정 말고 과감히 빙판 위로 나아가라
가장 대담한 사람조차 가보지 않은,
너보다 앞서 길을 내지 않은 곳이라도
스스로 길을 내어라
사랑하는 내 심장아, 가만히 있어라
우지직 갈라지는 소리 들려도
깨지진 않는다!
깨지더라도, 너까지 깨지진 않는다!

비겁한 생각들

비겁한 생각들
불안한 흔들림
나약한 망설임
겁먹은 탄식은
비참함을 없애지 못하고
너를 자유롭게 하지 못한다

모든 폭력에 저항하며
너 자신을 지키고
강한 모습을 보여라
절대 굽히지 마라
그리고 신들에게
도움을 청하여라

나그네의 밤 노래

봉우리마다
잠들고
우듬지마다
바람 한 점 없으며
숲속의 작은 새들조차 침묵하네
기다려라
머지않아 너 역시 잠들게 되리라

독수리와 비둘기

젊은 독수리 한 마리
먹이를 노리고 날개를 활짝 폈다
사냥꾼의 화살이 날아와
오른쪽 날개 힘줄을 끊으니
어느 은매화 덤불에 추락하여
사흘 동안 아픔을 삼키고
길고 긴 사흘 밤을
고통에 떨었다
어디에나 있는
만물을 치유하는 자연의 향유
마침내 그를 낫게 해주었으니
가만가만 덤불에서 나와
날개를 움직여본다
아, 힘줄이 끊어진 날개 말을 듣지 않는다
맹금의 욕구로 오기를 부려보지만
땅에서 몸이 떠오르지 않는다
하여 깊은 슬픔에 잠겨
개울가 야트막한 바위에 앉아
떡갈나무를 올려다보고
하늘을 올려다보니

치켜뜬 눈에 눈물 한 방울 고인다

그때 은매화 나뭇가지 사이로

비둘기 한 쌍 보란 듯이 푸드덕대며 내려와

고개를 주억거리고

개울가 황금 모래밭을 걸으며

티격태격 장난을 치더니

붉은 눈 번뜩이며 두리번거리다

상심에 빠진 독수리를 본다

수놈이 호기심에 기웃기웃

근처 덤불로 와

한껏 뽐내며 다정하게 위로를 건넨다

슬퍼하고 있군

좋게 생각하게, 친구!

아늑한 행복을 가져다줄 모든 게

여기 다 있지 않은가?

한낮의 뜨거움을 막아주는 황금가지에

기뻐할 수는 없는가?

개울가 부드러운 이끼에 앉아

쏟아지는 저녁 햇살을

누릴 수는 없는가?

신선한 이슬 맺힌 꽃들 사이를 거닐며
무성한 덤불숲에 널려 있는 먹이를 줍고
은빛 개울에서 목을 축일 수 있다네
오, 친구여
진정한 행복은 만족에서 오고
만족할 것은 사방에 널렸다네
이제 독수리가 침울하게
더욱 깊이 자기 자신에 침잠하며 말한다
오, 현명한 이여
오, 지혜로운 이여
그대, 비둘기처럼 말하는군!

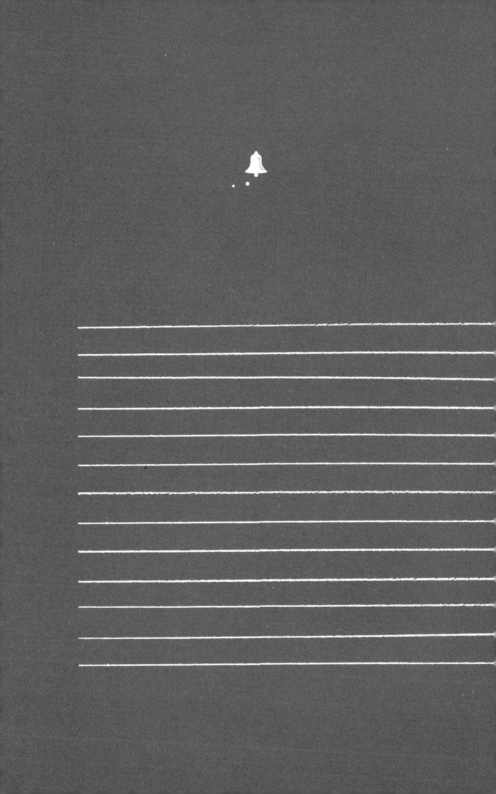

2부

물의 정령들이 부르는 노래

사랑하는 사람 가까이

환한 햇살 바다에서 비쳐올 때
나 그대를 생각합니다
은은한 달빛 샘물에 번질 때
나 그대를 생각합니다

저 멀리서 먼지가 일고
어두운 밤 좁은 오솔길에서
나그네 떨고 있으면
나 그대가 떠오릅니다

저 멀리 일렁이는 파도 소리 아득할 때
나 그대의 목소리를 듣습니다
만물이 침묵할 때
나 고요한 숲 거닐며 귀를 기울입니다

그대 아직 멀리 있어도, 나 그대 가까이 있습니다
그대 내 곁에 있습니다!
해가 지고, 곧 별들이 나를 위해 반짝일 것입니다
오, 그대 여기 있다면!

본성과 예술

본성과 예술,
둘은 서로를 회피하다가도
어느새 서로를 찾아내 함께 있네
내 안의 반감은 사라지고
둘 다 똑같이 나를 끌어당기고 있네

필요한 건 오직 성실한 노력뿐!
정해진 시간에 나의 재능과 노력으로
예술에 매진한다면
내 안의 본성도 다시 활활 타오르리라

모든 교육이 다 그러하니
통제되지 않은 재능은
드높은 경지 지향하더라도
모두 허사가 되리라

크게 되려는 자, 정신 차리고 기를 모아라
통제가 있는 곳에 비로소 거장이 등장하고
규칙만이 우리를 자유롭게 하리라

Goethe

발견

홀로 조용히 숲으로 갔지
아무것도 찾지 않기,
정말 그럴 작정이었지

그늘 속의 작은 꽃 한 송이
별처럼 빛나고 눈동자처럼 고와

꺾으려 하니 꽃이 나직이 말하네
굳이 꺾어 시들게 할 건가요?

하여 조심스레 뿌리째 거두어
아름다운 집 정원으로 옮겨왔지

조용한 뜰에 다시 심으니
이제 가지를 뻗어
계속 꽃을 피우네

물의 정령들이 부르는 노래

인간의 영혼 물과 같구나
하늘에서 내려와 하늘로 올라가고
다시 땅으로 내려와 영원히 무상하게
흙으로 돌아가야 하리

높고 가파른 암벽을 타고
힘차게 쏟아지는 맑은 물줄기
안개구름 만들며
곱게 흩어지다가 매끄러운 바위로
살포시 내려앉아 베일처럼 일렁이며
골짜기 아래로 조용히 흘러내린다

우뚝 솟은 절벽이 낙하를 막아서면
성난 거품 뿜어내며
한 계단 한 계단 바닥으로 떨어진다

평평한 바닥에서는
푸릇한 골짜기로 조용조용 흐르고
잔잔한 호수에서는 숱한 별들이
제 얼굴을 비춰보며 즐거워한다

바람은 파도의
선의의 경쟁자
땅에서 불어온 바람은
파도의 밑바닥부터 휘저어
거품 물결을 일으킨다

인간의 영혼이여,
그대 참으로 물과 같구나!
인간의 운명이여,
그대 참으로 바람 같구나!

인간의 한계

태고의 성부께서
소용돌이치는 구름에서
여유로운 손으로
축복의 번개를 땅에 뿌리면
나 어린애처럼 충직한 두려움 가슴에 품고
그분의 옷자락 끝에 입맞춤하리라

그 어떤 인간도
신들과 우열을 겨룰 수는 없다
인간이 위로 올라 정수리가 별에 닿으면
불안한 발바닥 어디에도 닿을 곳 없어
구름과 바람의 노리개가 되리라

탄탄한 영속의 땅 위에
단단한 뼈대로 굳건히 서 있더라도
인간은 참나무에 견주기도,
포도 넝쿨에 견주기도 부족한 존재

신들과 인간의 차이는 무엇일까
신들 앞에서는 수많은 파도가

큰 바다로 바뀌나
인간은 파도에 휩쓸리고 휘감겨 가라앉는다

한 사람의 삶은
작은 고리 하나로 끝이리라
그러나 수많은 세대가 끊임없이
무한한 존재의 사슬을
이어 나가리라

신성

기품 있는 사람,
자비롭고 선한 사람이 되어라
그것만이 다른 모든 존재와 다른 점이니!

어렴풋이 느껴지는 더 높은 존재들이여,
영광 받으소서!
인간은 그들을 닮아야 하리니
모범을 보여 그들의 가르침을 전해야 하리라

자연은 분별력이 없기에
태양은 악도 비추고 선도 비추며
달과 별은 죄지은 사람도 착한 사람도
똑같이 비춘다

바람과 강물, 천둥과 우박은
이 사람 저 사람 요란하게 휘감으며
서둘러 지나가고
행운의 여신은 똑같이 군중 속을 더듬으며
순진한 소년의 곱슬머리도
죄 많은 자의 대머리도 붙잡는다

Goethe

Nord und südliches Gelände

Ruht im Frieden seiner

영원불변의 위대한 법칙에 따라
우리는 모두 생의 고리를 완결해야 하리라

오직 인간만이 불가능한 것을 해낼 수 있으니
분별하고 선택하고 심판하며
순간을 영원으로 바꿀 수 있으리라

오직 인간만이 착한 자에게 상을 주고
악한 자에게 벌을 주고, 치유하고 구제하며
길 잃은 자와 방황하는 자를 결속시키리라

우리는 불멸의 존재들을 숭배한다
인간도 그들과 매한가지니
그들이 크게 행하는 것처럼 최고의 인간이
작은 몸짓으로 행하는 것도 매한가지리라

기품 있는 사람,
자비롭고 선한 사람이 되어라!
유익한 것, 올바른 것을 끊임없이 만들어내고
더 높은 존재들의 모범이 되어라!

Frieden seiner Hände.
Gerechte,

최후통첩

자, 마지막으로 말하노라
자연에는 알맹이도 쭉정이도 없다
다만 그대가 알맹이인지 쭉정이인지
늘 성찰해야 한다

....

....

....

....

....

....

....

....

....

....

....

....

로마의 비가 16

"그대, 내 사랑, 왜 오늘 포도원에 오지 않았나요?
약속대로 혼자 위에서 그대를 기다렸는데요."

　　어여쁜 이여, 일찌감치 갔었지요.
　　거기 포도나무 옆에서 이리저리 열심히 살피며
　　감시하는 그대의 삼촌을 보았어요.
　　다행히 들키지 않고 서둘러 살금살금 빠져나왔지요.

"오, 그대, 그런 착각을 하다니요!
그대를 쫓아낸 건 허수아비였답니다!
낡은 옷과 짚을 엮어 부지런히 만들었고, 나도 열심히
도왔는데, 괜한 헛수고로 손해만 봤네요."

　　아, 오늘 늙은이는 목적을 이루었군.
　　작은 포도밭과 조카딸을 훔치려는 성가신 새를 쫓아
　　냈으니.

로마의 비가 18

어떤 것은 유난히 불쾌하고
어떤 것은 너무 짜증스러워
생각만 해도 온 신경이 곤두서네
친구들이여, 너희에게 털어놓자면
유난히 불쾌한 일은 밤에 외로이 침대에 누워 있는 것
짜증스러운 일은, 사랑의 길에서 뱀을 겁내고
기쁨의 장미 속에서 독을 의심하는 것
가장 아름다운 순간에 걱정이 혀를 날름거리며
고개 숙인 머리에서 피어오르면 온 신경이 곤두서네
하여 파우스티네°와 있으면 행복하지
기꺼이 내 침대에 함께 눕고
신의를 지키는 남자에게는 똑같이 신의를 지키니
경솔한 청년은 매혹적인 장애물을 원하겠지만
나는 나의 여인과 오래도록 편히 즐기리
이 얼마나 큰 축복인가!
안전한 입맞춤을 나누며 숨결과 생명을
맘껏 빨아들이고 불어넣네
긴 밤들을 즐기고, 가슴과 가슴을 꼭 끌어안고
폭풍과 빗소리와 물소리에 귀 기울이네
그렇게 아침이 밝아오고, 싱싱한 꽃들 피어나

우리의 하루를 화려하게 장식하네
오, 로마인들이여!
내게 이 행복을 허락해 다오
신이여!
세상 만물의 시작이요 끝인 그것을
모두에게 허락하소서

* 괴테가 이탈리아 여행 중에 만나 사랑에 빠진 여인.

기억하라

운명에 맞설 필요 없지만
운명에서 도망칠 필요도 없다!
그대가 운명을 향해서 다가간다면
운명도 그대를 다정히 맞아주리라!

베니스 경구 6

나는 이 곤돌라를 보며
살랑살랑 흔들리는 요람을 떠올린다
저 위의 작은 궤는
널찍한 관을 닮았다
정말로 그러하다!
우리는 요람과 무덤 사이의
삶이라는 긴 수로를
흔들흔들 떠내려간다

베니스 경구 14

많은 것들을 시도해 보았지
종이에 그리고 동판에 새기고
유화를 그리고 점토로 찍어내기도 했으나
오래가지 못했고
뭔가를 배우지도 이루지도 못했네
단 한 가지 재능,
독일어로 글을 쓰는 것만은
대가에 가깝게 갈고닦았으나
나, 불운한 시인은
이제 애석하게도 최악의 소재에 빠져
삶과 예술을 망치는구나

베니스 경구 18

한 사람의 일생,
그것이 무엇이란 말인가?
그런데도 그가 누구이고 어떻게 살았는지
수천 명이 말할 수 있다
한 편의 시, 그것은 더 보잘것없다
그런데도 수천 명이 즐기고
수천 명이 비난할 수 있다
그러니 친구여,
그저 살며
계속 시를 써라!

....

....

....

....

....

....

....

....

....

....

....

Talismane, Amulete, Abraxas
Inschriften und Siegel

베니스 경구 30

운명은 내게 무얼 원하는 걸까?
그런 걸 묻는 것 자체가 무모한 일이다
운명은 사람들에게
그리 많은 걸 원하지 않는다
언어의 저항이 그토록 세지만 않았더라도
시인 한 명 만들려는
운명의 의도만은 이루어졌을 것이다

....

....

....

....

....

....

....

....

....

....

....

아, 제우스여, 나는 왜 덧없는 것일까요?

"아, 제우스여, 나는 왜 덧없는 것일까요?"
아름다움이 물었다.
"덧없는 것만 아름답게 했거든."
신이 대답했다.

사랑, 꽃, 이슬, 청춘이 이 말을 듣고
모두 울면서 왕좌에서 물러났다.

Goethe

....

....

....

....

....

....

....

....

....

....

....

Nord und südliches Gelände

Ruht im Frieden seiner

고프타*의 노래

가라! 내 지시를 따르라
젊은 날을 유익하게 쓰고
제때에 배워 더 영리해져라
운명의 커다란 저울은
평형을 이루는 일이 거의 없으니
위로 오르거나 아래로 내려갈 수밖에 없노라
지배하고 승리하거나
복종하고 패배할 수밖에 없노라
개선 행진을 하거나 고통을 당할 수밖에 없노라
망치가 되거나 모루가 될 수밖에 없노라

• 고프타(Kophta)는 이집트의 제사장이다.

호의적인 분들께

시인은 침묵하기 싫어하고
많은 사람에게 자신을 드러내고자 합니다
당연히 칭송과 비난이 따르게 마련이지요
산문으로 고해하려는 사람은 없습니다
하지만 뮤즈의 고요한 숲속이라면
종종 은밀히 마음을 털어놓지요

착각했던 일, 애썼던 일,
고뇌했던 일, 살면서 겪은 모든 일이
여기서는 그저 꽃다발 속 꽃들에 지나지 않습니다
늙음도 젊음도 실수도 미덕도
시로 표현하면 제법 그럴듯하게 보입니다

5월의 노래

밀밭과 옥수수밭 사이
울타리와 가시나무 사이
나무들과 풀밭 사이
내 사랑 어디에 있나요?
말해주서요!

사랑스러운 나의 소녀
집에 없다면
귀여운 나의 소녀
밖에 있겠지
푸르르고 꽃 피는
아름다운 5월
내 사랑 즐겁고 자유롭게
밖에 있겠지

개울가 바위 옆 풀밭
처음 입을 맞춘 곳
저기 무언가 보인다!
그녀일까?

보물 찾는 이

텅 빈 주머니와 병든 가슴으로
긴 세월 힘들게 버텨왔다네
가난은 가장 큰 고난
부유는 가장 큰 재산
나, 고난을 끝내려 보물을 찾아 떠났지
"내 영혼을 가져가라!"
피로 계약했네

동그라미에 동그라미를 그리고
신비의 불꽃, 잡초, 뼈들을 한데 모으고
주문 외기를 마친 뒤
이제 지시받은 자리에서
옛 보물을 찾아 배운 대로 파 들어갔다네
캄캄한 밤, 폭풍이 몰아쳤지

저 멀리 한 줄기 빛,
별처럼 아득히 먼 곳
저 멀리 저 뒤쪽에서 빛이 보였네
준비할 새도 없이
느닷없이 환해지고

아름다운 소년
광채 가득한 잔 들고 거기 서 있었지

촘촘히 엮은 화환 아래
소년의 아름다운 눈 빛나고,
잔에서 퍼지는 천상의 광채 안에서
소년, 동그라미 안으로 들어서더니
내게 잔을 내밀며 마시라고 다정히 말했다네
나는 생각했지
저토록 아름답게 빛나는 천상의 잔을 가진 소년이
악인일 리 없다!

"순수한 삶의 용기를 마셔라!
그러면 가르침을 이해하여
불안한 주문을 외며
여기로 돌아오지 않으리라.
여기서 헛되이 파지 말라!
'낮에는 일, 밤에는 손님들!
힘겨운 나날, 즐거운 잔치들!'
이것이 장차 그대의 주문이 되리라!"

걸어 다니는 종

옛날에 한 아이가 살았어요
그 아이 교회 가는 게 너무 싫어
일요일마다 어떻게든
들판으로 나갈 구실을 찾아냈지요

어느 날 어머니가 경고했어요
"교회 종이 널 부르며 오라는데
순순히 따르지 않으면
직접 와서 널 잡아갈 거야."

종은 저기 높은 종탑에 걸려 있는걸!
아이는 생각했지요
그리고 학교에서 몰래 빠져나올 때처럼
벌써 들길로 접어들었어요

봐, 아무 소리도 안 나잖아
어머니가 거짓말을 한 거야
그런데 이게 무슨 일일까요!
저기 뒤에서 흔들흔들
종이 따라오고 있어요!

놀랍도록 빠르게 따라오고 있었어요
겁에 질린 가엾은 아이
꿈에서처럼 달렸고
종은 거의 따라잡을 기세로 점점 가까워졌어요

아이는 더욱 속도를 올려
재빨리 풀밭, 들판, 수풀을 거쳐
교회로, 예배당으로 달려갔어요

그 후 일요일과 휴일이면
아이는 이날을 생각하고
종이 울리기도 전에
먼저 알아서 교회로 갔답니다

여행 준비물

뭇시선들의 광채를 누리던 버릇은 이제 버려야 하리
그런 것들은 이제 내 삶을 아름답게 꾸며주지 못하리니!
숙명이라 불리는 것은 화해를 모르고
그걸 잘 알기에 나는 흠칫 놀라 뒤로 물러난다

이제 더 바랄 다른 행복 없으니
꼭 필요하다고 여겼던 것들로부터
나 자신을 떼어내기 시작하리라
내게 필요한 건 오직 그녀의 눈길뿐!

뜨거운 포도주, 풍성한 음식,
편안함과 잠, 여러 선물과 모임들,
모두 물리쳐 남은 것이 거의 없다

하여 나 이제 조용히 세상을 여행할 수 있다
필요한 건 어디서든 구할 수 있으니
없으면 안 되는 단 한 가지, 사랑만 챙겨가리

작별

수천 번 입맞춤으로도 부족하여
또 한 번 마지막 입맞춤을 하고서야 헤어졌네
쓰디쓴 이별의 사무친 아픔 뒤에는
도망치듯 떠났던 그 강둑만 내게 남았네

집, 산, 언덕, 강물과 함께
기쁨의 보물 하나 오래도록 지켜보았네
저 멀리 빛을 잃어가는 어스름 끝에
시퍼렇게 펼쳐지는 장관이여

마침내 바다가 시선을 막았을 때
내 뜨거운 갈망은 내 심장으로 돌아왔고,
나는 참담한 마음으로 잃어버린 내 것을 찾고 있었지

그때 하늘은 반짝였고
아무것도, 아무것도 나를 떠나지 않고
내가 누렸던 모든 것이 그대로인 것만 같았네

경고

생애 마지막 날,
호명의 나팔 소리 크게 울리고
지상의 삶이 모두 끝나면
우리는 실없이 뱉었던 모든 말을 하나하나
해명해야 해요

사랑에 달아올라
그대의 호의를 얻으려 애쓰며
늘어놓았던 말들
그대 귓전에서 흩어져 버렸다면
이제 그 말들은 모두 어떻게 될까요?

오 사랑이여, 그런 괴로움 닥치지 않게
그대 마음 곰곰이 생각해 보셔요
얼마나 오래 주저했는지 진지하게 생각해 보셔요

그대 앞에서 실없이 늘어놓았던 그 모든 말
낱낱이 헤아려 사죄해야 한다면
내 생애 마지막 날은 꼬박 한 해가 걸리겠지요

라인강과 마인강

1
라인강 따라 이어진 언덕들로
축복받은 드넓은 벌판으로
강물과 나란히 펼쳐진 범람원으로
포도 넝쿨 드리운 드넓은 밭으로
너희, 생각의 날개 펴고
변함없는 벗과 동행하여라

2
처음엔 느낌, 그다음엔 생각
처음엔 넓은 곳, 그다음엔 울타리 안
거침에서 온화와 온유로
너의 참모습이 나타나리라

3
반짝이는 것이 모두 금은 아니고
행복이라 불리는 것이 모두 행복은 아니며
기쁨으로 보이는 것이 모두 기쁨은 아니다
나, 이 말에 많은 의미를 둔다네

4
강물은 노을 속에서
환하고 온화하게 이글거리며 흘러가고
다리와 도시 위로는
어둠이 내렸네

3부

그리움을 아는 사람만이

눈물 젖은 빵을 먹어보지 못한 사람

눈물 젖은 빵을 먹어보지 못한 사람,
수많은 괴로운 밤을 울며
지새운 적이 없는 사람은
신을, 하늘의 힘을
알지 못하리

신은 우리를 이 세상에 보내고
불쌍한 이 죄짓게 만들고
괴로워하게 내버려두는구나
모든 죄는 이 지상에서 죗값을 치러야 하기에!

Goethe

Nord und Südliches Gelände

Ruht im Frieden seiner

3월

한차례 눈이 내렸다
갖가지 작은 꽃들,
갖가지 작은 꽃들을
환호로 반길 때가
아직 오지 않았기 때문이리

태양의 눈길이
부드러운 빛으로, 가짜 빛으로 속이고
제비조차 거짓말하네,
제비조차 거짓말하네
왜냐고?
혼자 왔으니까!

봄이 가까이 왔는데
나더러 혼자 기뻐하라고?
그러나 우리 둘이라면,
그러나 우리 둘이라면
이미 여름이 되어 있으리

외로움에 젖어 사는 사람은

외로움에 젖어 사는 사람은
아! 곧 혼자가 되리라
사람은 누구나 살고, 누구나 사랑하지만
외로움에 괴로워하게 내버려두기도 하리니

그래! 괴로워하게 나를 내버려두어라!
단 한 번 진정으로 외로울 수 있다면
그때 나는 혼자가 아니리

사랑하는 여인 혼자 있는지
소리 없이 다가가 몰래 살피듯
낮이나 밤이나
외로운 내게 고통이 다가오고
외로운 내게 괴로움이 다가온다
언젠가 무덤 속에 외로이 누울 때에야
비로소 나를 혼자 있게 내버려두리

그리움을 아는 사람만이

그리움을 아는 사람만이
나의 아픔을 알리라!
나는 모든 기쁨에서 단절된 채
홀로 저 멀리
광활한 하늘을 바라본다
아! 나를 사랑하고 알아주는 이는
저 멀리 있다네
어지럽고 속이 타는구나
그리움을 아는 사람만이
나의 아픔을 알리라!

문마다 조심히 다가가

문마다 조심히 다가가
가만히 기다린다
자비로운 손이 음식을 건네주면
다음 문으로 옮겨간다
모두가 내 행색을 보고
자신은 행복하다 여기며
눈물을 글썽이겠지
그러나 그들이 우는 이유
나는 알지 못하네

....

....

....

....

....

....

....

....

....

....

....

....

이별

차마 입으로 말할 수 없어
눈으로 이별을 말하네
아프다, 사내라 뽐내며 살아왔건만
이별은 견딜 수 없이 아프다!

가장 달콤한 사랑의 징표마저
이별의 순간 슬픔이 된다
차가운 그대 입맞춤
힘없는 그대 손길

지난날 살며시 훔쳤던 짧은 입맞춤
오, 얼마나 황홀했던가!
3월 이른 봄날 제비꽃 꺾을 때
우리 얼마나 즐거웠던가!

하지만 이제 그대를 위해
작은 화관을 고를 일도, 장미를 꺾을 일도 없네
내 사랑 프란치스카, 봄은 왔건만
내게는 그저 쌀쌀한 가을이네!

잃어버린 첫사랑

아, 누가 그 아름다운 나날을 가져다주랴
첫사랑의 그날들
아, 누가 그 아름다운 시간을 되돌려주랴
좋았던 그 시절!

홀로 상처를 키우고
늘 새로이 한탄하며
잃어버린 행복 슬퍼하네

아, 누가 그 아름다운 나날을 되돌려주랴
좋았던 그 시절!

Goethe

....

....

....

....

....

....

....

....

....

....

....

Talismane, Amulete, Abraxas
Inschriften und Siegel

양치기의 한탄

저기 저 산 위에,
나는 수천 번 서서
지팡이에 기댄 채로
골짜기를 내려다보았지

나는 풀 뜯는 양 떼를 따라 걷고
작은 개가 나 대신 양 떼를 지켰지
그러다 나도 모르는 사이
산 아래로 내려와 있었어

들판은 온통
아름다운 꽃 천지
줄 사람도 없는데
나는 꽃을 꺾었지

그러다 사나운 비바람 몰아쳐
나무 아래로 몸을 피했지
저 집 문은 여전히 닫혀 있네
아, 모든 것이 한낱 꿈이구나

저기 지붕 위에
무지개가 떴어!
그러나 나의 여인은
먼 나라로 멀리멀리 떠났다네

먼 나라로 멀리멀리
아마도 바다 너머겠지
가자, 양들아, 가자!
양치기의 마음 몹시 아프다

미뇽*에게

골짜기와 강 위로
태양 수레 조용히 지나가요
아, 태양은 아침마다
그대의 아픔과 나의 아픔처럼
가슴 깊은 곳에서 솟아올라요

밤이 되어도
좀처럼 나아지지 않아요
이제는 꿈마저도 슬프고
나는 이 아픔을,
은밀히 커지는 이 위력을
가슴으로 조용히 느껴요

벌써 여러 해째
배들이 오가는 걸 보고 있어요
배들은 저마다 가야 할 곳으로 가는데
아, 내 가슴 옥죄는
끝없는 아픔은
흘러가지 않아요

오늘은 잔칫날
옷장에 고이 두었던
나들이옷 꺼내
곱게 차려입어야 해요
아픔으로 갈기갈기 찢긴 내 마음
아무도 모르지요

언제나 남몰래 울지만
남들을 대할 때는 상냥해요
건강하고 발그레한 얼굴
보일 수 있어요
이 아픔 비수 되어
내 가슴 찔렀다면
아, 나는 이미 오래전에
죽었을 거예요

• 괴테의 소설《빌헬름 마이스터의 수업 시대》에 등장하는 소녀의 이름.

미뇽

아시나요? 레몬꽃 피는 나라,
어두운 잎들 사이 금빛 오렌지 빛나고
파란 하늘에서 부드러운 바람 불어오고
은매화 고요히, 월계수 드높이 서 있는 그 나라를 아시나요?
그곳으로! 그곳으로
오, 내 사랑이여, 그대와 함께 가고 싶어요

아시나요? 기둥들이 지붕 떠받치고
홀은 휘황찬란하고, 방은 반짝이는 그 집,
가엾은 아이야, 무슨 일이 있었더냐?
대리석 입상들이 내게 물어주는 그 집을 아시나요?
그곳으로! 그곳으로
오, 내 보호자여, 그대와 함께 가고 싶어요

아시나요? 구름 걸쳐 있는 그 산,
노새가 안개 속에서 길을 찾고
늙은 용들이 동굴 속에 살고
깎아지른 절벽 위로 폭포수 쏟아지는 그 산을 아시나요?
그곳으로! 그곳으로 우리의 길이 뻗었어요!
오, 아버지, 우리 그리로 가요!

마왕

늦은 밤 어둠 속 바람을 가르며 말을 달리는 이 누구인가?
아이를 품에 안은 아버지
아들을 따뜻하고 안전하게
품에 꼭 껴안고 말을 달린다

아들아, 무엇이 그리도 무서워 얼굴을 가리고 있느냐?
보세요, 아버지, 저기 마왕이 보이지 않으세요?
왕관을 쓰고 긴 옷자락을 드리운 마왕이 보이지 않으세요?
아들아, 그건 피어오르는 안개란다

"오, 사랑스러운 아이야, 내게로 오렴, 나와 같이 가자!
아주 재밌는 놀이를 나와 함께 하자꾸나.
해변에는 온갖 예쁜 꽃들이 피어 있고
우리 어머니한테는 황금 옷이 아주 많단다."

아버지, 아버지, 마왕이 내게 속삭이는 말이
들리지 않으세요?
아이야, 진정해라, 가만히 있거라
그건 메마른 나뭇잎이 바람에 흔들리는 소리란다

"귀여운 아이야, 나와 같이 가겠느냐?
나의 딸들이 널 애타게 기다린다.
나의 딸들이 밤을 다스리며
잠들 때까지 춤추고 노래를 불러주리라."

아버지, 아버지, 저기 어둠 속에
마왕의 딸들이 보이지 않으세요?
아들아, 아들아, 아주 잘 보인단다
그건 잿빛의 늙은 버드나무란다

"나는 네가 좋구나. 너의 어여쁜 모습에 반했단다.
네가 싫다고 한다면 강제로라도 끌고 갈 거란다."
아버지, 아버지, 이제 마왕이 나를 붙잡았어요!
마왕이 나를 아프게 해요!

아버지는 두려움에 황급히 말을 달린다
신음하는 아이를 품에 안고
간신히 집에 도착했으나
품속의 아이는 이미 숨을 거두었다네

툴레의 왕

옛날 옛적 툴레에 한 왕이 살았다
죽을 때까지 변함없이 사랑했던 왕비
세상을 떠나며
황금 술잔 하나 남겼다

그보다 더 소중한 것 없어
왕은 잔치 때마다 그 잔을 썼고
잔을 볼 때마다 눈물 글썽이며
자주 술을 마셨다

죽을 때가 가까워지자
왕은 다스리던 왕국과
온갖 재물을 아들에게 물려주었으나
황금 술잔만은 물려주지 않았다

왕궁 잔치 열리고
바닷가 높은 성
대대로 물려받은 휘황찬란한 연회장에
기사들이 모였다

늙은 왕 거기 서서
마지막 생명의 불꽃 마시고는
그 성스러운 잔
바닷물에 던져버렸다

잔이 떨어져
바닷속 깊이 가라앉자
왕은 눈을 감았고
다시는 한 방울도 마시지 않았다

마법사의 제자

늙은 마법사님이 드디어 자리를 비웠구나
이제 그의 영들을 내 맘대로 불러내 보리라
그의 주문과 요령, 그 쓰임새도 잘 봐두었으니
강한 정신력으로 나도 기적을 행하리라

넘쳐라, 넘쳐!
물아, 굽이굽이 흘러 목적지에 다다르고
철철 넘쳐흘러 목욕통을 채워라!

자, 낡은 빗자루야, 나와라!
허름한 누더기 보자기 둘러라
하인 노릇 오래이니 이제 내 지시를 따르라!
두 다리로 서라, 머리야 생겨라,
이제 물동이 이고 서둘러 가라!

넘쳐라, 넘쳐!
물아, 굽이굽이 흘러 목적지에 다다르고
철철 넘쳐흘러 목욕통을 채워라!

보라, 빗자루 녀석 강가로 내달리는구나

벌써 강에 닿아 물을 길은 뒤
다시 번개같이 여기로 와서
물을 붓는구나
벌써 두 번째다! 목욕통이 차오른다
양동이마다 물이 가득하다!

그만! 그만!
너의 재능은 충분히 보았노라!
아, 이런! 주문을 잊었구나!

아, 마지막에 원래대로 다 돌려놓는
그 주문이 뭐였더라
아, 저 녀석 빠르게도 달리며 나르는구나!
낡은 빗자루라면 좋으련만!
자꾸자꾸 새 물을 빠르게도 길어 나른다
아! 수백 개 물줄기가 나를 향해 돌진해 온다

안 돼, 더는 이대로 내버려둘 수는 없지
저놈을 잡아야겠다
놈은 요괴다!

아! 그런데 점점 더 겁이 난다!
저 표정! 저 눈초리!

오, 지옥에서 튀어나온 놈아!
온 집을 물에 잠기게 할 작정이냐?
물줄기 흘러넘쳐 계속 밀려온다
고약한 빗자루 녀석 말을 듣지 않는구나
원래대로 제발 가만히 좀 있어라!

끝까지 버티겠다는 것이냐?
내 너를 붙잡아 날 선 도끼로
낡은 막대 가차 없이 쪼개버리리라

보라, 저 녀석 바닥을 질질 끌며 또 오는구나!
요괴야, 이제 내가 네놈을 향해 몸을 날리면
네놈은 당장 고꾸라지리라
매끄러운 도끼날이 제대로 맞혔다!
보라, 놈이 두 동강 났다!
이제 희망이 생겼으니 숨 편히 쉬어보자!

아이고, 이런!
두 동강이 벌떡 일어났네
벌써 하인 놈의 모습으로 우뚝 섰구나!
아! 신들이시여, 도와주소서!

두 녀석이 달리는구나
방이며 계단이며 점점 물바다 되네
이 무슨 끔찍한 물난리란 말인가!
주인님, 스승님! 내 외침 들으소서!
아, 저기 스승님이 오신다!
스승님, 큰일 났어요!
제가 영들을 불러냈는데 돌려보낼 수가 없어요

"빗자루야! 빗자루야!
원래 모습이 되어 구석으로 가라!
늙은 스승이 너희 영을 불러낼 때는
오직 빗자루로 쓰려 함이니라."

호흡에는

호흡에는
두 가지 은총이 있나니
들숨과 날숨이다
들숨은 옥죄고, 날숨은 풀어준다
생명은 이토록 놀랍게 섞여 있으니
들숨이 너를 옥죌 때 신께 감사하라
날숨이 너를 놓아줄 때 신께 감사하라

Goethe

Nord und Südliches Gelände

Ruht im Frieden seiner

고백

숨기기 어려운 건 무얼까?
불!
낮에는 연기가
밤에는 불길이
무시무시한 불을 드러내기 때문이지
숨기기 훨씬 더 어려운 것 또 하나 있지
사랑!
조용히 품고만 있어도
두 눈에서 금세 드러나고 말지
숨기기 가장 어려운 건
한 편의 시!
서랍에 가만히 넣어둘 수가 없지
새로이 노래하는 순간
시인은 그 노래에 완전히 매료되어
곱고 우아하게 종이에 적고
온 세상이 사랑해 주기를 바라지
시가 우리를 괴롭히든, 기운을 북돋우든
시인은 누구에게나 큰 소리로 기꺼이 시를 읽어준다네

Talismane, Amulete, Abraxas
Inschriften und Siegel

현상

빗줄기와
빛이 만나면
반원을 그리는 띠 한 자락
색색으로 물들지

안개 속에 보이는
둥그런 띠
비록 뿌옇지만
그래도 무지개라네

그러니 그대, 활기찬 노인이여
침울해하지 말게
머리카락이 하얗게 세더라도
사랑하게 되리니

분열

왼편 개울가에서
큐피드가 피리 불고
오른편 들판에서
마르스가 북을 치면
귀 솔깃하여
그 소리에 이끌린다
아련한 노랫소리
소음에 가려지고
전쟁의 굉음 속에
피리 소리 점점 커진다
미쳐버리겠네, 미쳐서 날뛰겠네
기이하지 않은가?
피리 소리 계속 커지고
요란한 나팔 소리 울려 퍼진다
나는 이미 미쳐 날뛰고 있다
놀랍지 않은가?

오만하고 당당하게

시를 짓는다는 건 일종의 오만!
나를 욕하는 자 누가 있으랴
그대들 다행히도 나처럼 따뜻한 피를 가져
즐겁고 자유롭구나

매 순간 고통스럽고
쓰디쓴 맛을 본다면
나 역시 그대들 이상으로
겸손해지리라

소녀가 꽃처럼 피어날 때라면
겸손은 아름다운 일!
소녀는 거친 사람을 피하고
다정한 구애를 바라기 때문이지

겸손은 선한 일이라 말하는
현명한 이 있다면
그는 내게 시간과 영원을
가르칠 수 있으리라

Goethe

Nord und südliches Gelände

Ruht im Frieden seiner

시를 짓는다는 건 일종의 오만!
기꺼이 홀로 행하리라
피가 신선한 친구들과 여인들이여,
어서 들어오라!

두건도 수도복도 없는 애송이 수도자여,
나를 설득하려 애쓰지 마라
나를 무너뜨릴 수는 있어도
절대 겸손하게는 못 하리라

나를 몰아치는 너의 뻔한 말들,
신발 밑창에 매달고
닳도록 끌고 다닌 말들

시인의 물레가 돌면 세우지 마라
우리를 이해한 사람은
우리를 용서도 할 테니!

Frieden seiner Hände.
Gerechte,

거룩한 갈망

세인은 당장 비웃을 테니
오직 현자에게만 말하노라
살아 있는 것, 불꽃처럼 죽기를 동경하는 그것
나 찬미하리

너를 탄생시켰고, 네가 생명을 탄생시키는
서늘한 사랑의 밤에 조용한 촛불 반짝이면
이상한 기분이 엄습하리

그러면 너, 새로운 욕망에 이끌려
어둠의 그늘에서 나와
더 거룩한 짝짓기를 갈망하리

너, 나방아, 먼 길 마다하지 않고
마법에 걸린 듯 날아와
끝내 빛에 홀려 불에 타버리는구나

죽어야 살리라!
이를 깨닫지 못하는 한, 이 어두운 땅에서
한낱 우울한 나그네에 지나지 않으리

이야기책

책 중에서 가장 신묘한 책,
사랑의 책
꼼꼼히 읽어보았지요
기쁨은 몇 쪽뿐이고
온통 괴로움에
한 단락은 이별이었지요
재회는 파편적인 짧은 한 장에 그쳤고
고뇌는 여러 권에 걸쳐
길고 긴 설명이 붙어
끝도 없이, 한도 없이 이어졌지요
오, 사랑의 시인 니자미*여!
마지막에는 역시
정답을 찾았군요
풀리지 않던 그 문제, 누가 풀어야 할까요?
사랑하는 이들 다시 만나 풀어야 하겠지요

● 페르시아의 시인 니자미 간자브(Nizami Ganjav).

아, 사랑이여!

아, 사랑이여!
맑은 하늘나라에서
이리저리 즐거이 날아다녔던
자유로운 노래들이
빳빳한 끈에 묶여 옴짝달싹 못 하고 있구나
시간은 모든 것을 망치고
혼자만 유유히 흘러간다
한 줄 한 줄 모두가 불멸이어야 하리
사랑처럼 영원해야 하리

Goethe

. . . .

. . . .

. . . .

. . . .

. . . .

. . . .

. . . .

. . . .

. . . .

. . . .

. . . .

. . . .

Talismane, Amulete, Abraxas
Inschriften und Siegel

헛된 위안

당신이 그리워
한밤중에 흐느껴 울었지요
그때 밤의 유령들이 찾아왔고
나는 부끄러워
이렇게 말했지요
"밤의 유령들아,
잠자는 이 그냥 지나치던 너희들이
흐느껴 우는 나를 보고 말았구나
나는 소중한 걸 잃었단다
큰 불행을 겪은 이가 현명하다 했던 너희들이니
부디 나를 나쁘게 여기지 말아다오!"
그러자 긴 얼굴을 한 유령들은
내가 현명한지 어리석은지
개의치 않고
그냥 지나갔지요

다섯 가지

다섯 가지가 다섯 가지를 이뤄내지 못하니
그대, 이 가르침에 귀를 열라
뻐기는 가슴에서는 우정이 싹트지 않고
저열한 동지들은 무례하고
악한 자, 위대해질 수 없고
시기하는 자, 헐벗은 사람에게 자비롭지 않으며
거짓말쟁이, 신의와 신뢰를 바라도 헛되다
이 가르침을 잘 간직하여 아무도
빼앗지 못하게 하라

말을 타고 대장간 앞을 지나도

말을 타고 대장간 앞을 지나도
언제 대장장이가 말에 편자를 다는지
그대는 알지 못한다
드넓은 벌판에서 외딴 오두막 바라보아도
그 안에 그대 애인이 있는지
그대는 알지 못한다
멋지고 용맹한 젊은이를 만나도
장차 그가 그대를, 혹은 그대가 그를
능가할 것인지 알 수 없다
포도나무에 관해 가장 확실히 말할 수 있는 건
거기에 좋은 열매가 열린다는 것뿐!
그대도 그렇게 세상에 맡겨졌으니
뒷말은 생략하겠다

정직했던 만큼

정직했던 만큼
잘못도 범했고
수년간 고군분투하며
인정받을 때도 있었고 못 받을 때도 있었지
그게 다 무엇이란 말인가?
이제 악당이 되리라,
삐뚤어져도 봤으나
잘되지 않아
나를 갈가리 찢고 생각했지
그래도 정직이 최고라고,
빈궁할지라도 견고하다고!

4부

나를 울게 두오!

나는 어디서 왔을까?

나는 어디서 왔을까?
여전히 모르겠다
여기까지 온 나의 길
나도 모르게 왔고
오늘 지금, 그리고 여기
더없이 즐거운 날에
고통과 쾌락이 친구인 양 만난다
오, 둘이 하나가 되는 달콤한 행복이여!
혼자인데 누가 웃고 싶으랴
혼자인데 누가 울고 싶으랴

....

....

....

....

....

....

....

....

....

....

....

Nord und südliches Gelände

Ruht im Frieden seiner

하나씩 하나씩 떠난다

하나씩 하나씩 떠난다
남보다 앞서 떠나기도 한다
그러니 우리 부지런히
씩씩하고 담대하게
인생길을 가자
꽃들을 주우려는 잦은 곁눈질
그대의 발걸음 붙잡으리라
하지만 잘못 산 인생보다
더 지독하게 붙잡는 건 없다네

....

....

....

....

....

....

....

....

....

....

....

인생은 거위 게임*

인생은 거위 게임
앞으로 많이 갈수록
종착지에 먼저 도달하지
아무도 도달하고 싶지 않은 그곳에

거위는 멍청하다고들 말하나
오, 나는 사람들의 그 말 믿지 않네
거위는 한 번씩 뒤를 돌아보며
내게 뒤로 가라 말해주기 때문이지

세상은 전혀 다르네
모두가 앞으로 돌진하는 이곳에선
누군가 돌부리에 걸려 넘어져도
아무도 돌아보지 않네

• 거위 게임은 유럽 전역에서 인기를 끈 주사위놀이 중 하나다.

관대한 자 사기당하고

관대한 자 사기당하고
인색한 자 빼앗기고
지식 있는 자 오도당하고
분별 있는 자 헛다리 짚고
힘든 일은 비껴가고
멍청이가 낚인다 하지
이런 거짓말들 제압하고,
속은 자여, 속여라!

밝고 착한 사람 있으면

밝고 착한 사람 있으면
옆에서들 괴롭히려 들지
유능한 사람 살아 움직이면
돌 던져 죽이고 싶어들 하지
그러나 나중에 그가 죽으면
살아서 겪은 그의 고난 기린다며
큰 기부금 모아
기념비를 세우려 하지
그러나 뭇사람들 제 이득을
저울질하고 말하리라
그 착한 사람은 영원히 잊는 편이
더 현명할 것 같다고!

방랑자의 여유

비열한 자
욕하지 마시게
누가 뭐라든
그게 권력이라네

악을 행하여
큰 이득을 취하고
정의를 이용해
모든 일을 제 뜻대로 움직이지

방랑자여!
그런 악에 저항하려 했는가?
회오리바람과 마른 똥은
휘돌게 두시게
흩날리게 두시게

Goethe

. . . .

. . . .

. . . .

. . . .

. . . .

. . . .

. . . .

. . . .

. . . .

. . . .

. . . .

Talismane, Amulete, Abraxas
Inschriften und Siegel

프랑스어를 쓰든 영어를 쓰든

프랑스어를 쓰든 영어를 쓰든
이탈리아어를 쓰든 독일어를 쓰든
모두가 한결같이
이기심만 채운다

뽐내고 싶은 것
스스로 드러내지 못하면
여러 사람은 고사하고 한 사람에게도
인정받지 못하기 때문이다

오늘까지는 열등한 것이
득세하고 있으나
내일은 합당한 것이
친구들의 호의를 얻으리

3천 년 역사를
설명하지 못하겠거든
미숙한 채 어둠 속에서
그냥 하루하루 살아가라

세상에서 그대 무엇을 하는가

세상에서 그대 무엇을 하는가
이미 정해져 있는 소명,
창조주께서 모두 계획해 두셨고
그대의 운명은 정해져 있으니
그대로 따르라
길을 나섰으니 여행을 마저 하라
근심과 걱정은 아무것도 바꾸지 못하고
그대 내동댕이쳐 영원히 비틀거리게 할 뿐이니!

Goethe

....

....

....

....

....

....

....

....

....

....

....

Nordund südliches Gelände

Ruht im Frieden seiner

행운이 찾아왔을 때

"행운이 찾아왔을 때
그대들 얼마나 어리석게 처신했던가!"
그래도 행운의 여신 서운하다 않고
몇 차례 더 다녀갔다네

···

···

···

···

···

···

···

···

···

···

···

···

그 어떤 때라도

그 어떤 때라도
휘말려 반박하지는 마라
무지한 사람들과 다투게 되면
현자도 무지에 빠지나니!

거미 한 마리 때려잡고

거미 한 마리 때려잡고
생각했다
굳이 그래야 했을까?
신께서는
거미도 나처럼
한세상 살기를 원하셨거늘!

초대

도망치듯 오늘을 떠날 필요 없어요
그대가 서둘러 닿고자 하는 그날
오늘보다 낫지 않으니까요
얻고 싶은 세상을 위해
내가 제쳐둔 세상에서
그대 즐거이 머물면
머지않아 나와 함께 편안해져요
오늘은 오늘, 내일은 내일
다가올 일과 지나간 일
훌쩍 가버리지도 않고 들러붙어 머물지도 않아요
그대 머물러줘요
내가 가장 사랑하는 것,
그걸 가져오는 이 그대이고
그걸 내게 주는 이 그대이니까요

은행나무 이파리

동방에서 건너와 내 정원에 맡겨진
은행나무 이파리
은밀한 의미가 담겨 있어
그것을 아는 사람을 기쁘게 하네

하나의 생명체가
둘로 갈라진 걸까?
둘이 서로를 만나
하나처럼 보이는 걸까?

이런 물음을 곱씹다가
참뜻을 찾았지
나도 하나이면서 둘이라는 것!
그대 내 노래에서도 느껴지지 않는가?

수북한 덤불에서

수북한 덤불에서
사랑하는 이여, 보셔요!
가시 돋은 초록 껍질에 싸인
열매들을 보셔요!

벌써 오래전부터 아무도 모르게
조용히 동글동글 매달려 있었어요
그네처럼 흔들리는 가지 하나
참을성 있게 그 무게를 재고 있고요

하지만 늘 안에서부터
무르익어 부푸는 갈색 씨앗은
바람을 맞고 싶고
해를 보고 싶지요

껍질이 터지면
씨앗은 기뻐하며 아래로 떨어져요
그렇게 나의 노래들도
그대 무릎에 떨어져 차곡차곡 쌓여요

보름달 밤

나의 주인이여, 말해주오!
그 속삭임 무슨 뜻인가요?
왜 그대 입술 나직이 움직이나요?
늘 혼잣말로 속삭이는 그 입술
포도주 한 모금보다 더 달콤하네요
그대, 자매처럼 나란한 그대 두 입술에
또 한 쌍을 끌어당겨 오려는 건가요?

　　"키스하고 싶어요! 키스해요!" 내가 말해요

보셔요! 어슴푸레한 어둠 속
모든 가지에서 꽃들은 이글거리고
무수한 별들이 쏟아져 내려요
수천 가지 석류석이 덤불을 뚫고
에메랄드처럼 빛나요
하지만 그대 마음은 아득히 멀리 있네요

　　"키스하고 싶어요! 키스해요!" 내가 말해요

그대의 애인, 멀리서
마찬가지로 시고 달콤한,
불행한 행복을 느끼고 있지요
그대들 보름달 아래 인사 나누고
신성한 찬사를 나눴더랬죠
지금이 그런 순간이에요

"키스하고 싶어요! 키스해요!" 내가 말해요

취해야 하리, 우리 모두!

취해야 하리, 우리 모두!
젊은이는 술 없이도 취하고
늙은이는 술이 있어 다시 젊어지니
경이로운 미덕이로다
인생은 근심을 근심하고
술은 근심을 잊게 한다네

Goethe

....

....

....

....

....

....

....

....

....

....

....

....

Talismane, Amulete, Abraxas
Inschriften und Siegel

나 홀로 앉아 있네

나 홀로 앉아 있네
어딘들 더 낫겠는가
내 술은
나 홀로 마시니
아무도 나를 막지 않고
나, 나만의 생각을 오롯이 지니고 있네

취했다 하여

취했다 하여
갖가지로 나무라는데
취기에 관해서는
아무리 말해도 끝이 없다
보통 취기야
날이 새면 사라지지만
나의 취기는 밤새
이리저리 내 뒤를 밟는다
그건 사랑의 도취,
나를 비참하게 괴롭히지
낮에서 밤으로, 밤에서 낮으로
내 마음은 겁내며 망설이지
노래에 취해 부풀어 오르는 마음
아무리 정신이 말짱한 취기라도
감히 이토록 빨리 부풀어 오르지 못하리
사랑의 취기, 노래의 취기, 술의 취기,
날이 저물든, 날이 밝든
가장 성스러운 취기가
나를 황홀케 하네, 나를 괴롭히네

술 따르는 소년

　　술 따르는 소년
어쩌다 이 지경이 되셨어요, 어르신!
오늘은 아주 늦게 그 골방에서 겨우 나오셨군요
페르시아 사람들은 이걸 기쁨 없는 상태라 하고
독일 사람들은 고양이 신음이라 하지요˙

　　시인
사랑하는 소년아, 지금은 날 가만히 놔다오
햇빛도, 장미의 향기도
밤꾀꼬리의 노래마저도
세상만사 다 맘에 들지 않는구나

　　술 따르는 소년
바로 그 병을 제가 고쳐드릴게요
제 처방이 딱 들어맞을 거예요
여기! 싱싱한 아몬드를 드시면
술맛이 다시 살아날 거예요

그다음 테라스로 모셔가
신선한 공기를 마시게 할게요

그러면 어르신의 눈 바라보는 제게
술 따르는 이 소년에게 입을 맞춰주세요

보세요! 세상은 동굴이 아니에요
갓 깬 새끼들과 둥지들,
장미 향기와 장미 향유, 언제나 가득하고
밤꾀꼬리도 어제와 다름없이 노래해요

● 기쁨 없는 상태(Bidamag buden)와 고양이 신음(Katzenjammer)은 숙취를 가리킨다.

고약한 할망구

고약한 할망구
환심 사려 드는 늙은 여자
사람들은 그녀를 세상이라 부르지
저 할망구, 다른 사람들 속이듯 나도 속였네
내게서 믿음을 앗아가더니 희망도 훔쳐갔지
이제 사랑에도 손대려 해서
나 떨치고 나왔네
어렵게 구한 보물 영원히 지키려고
현명하게 둘로 나누어
줄라이카와 사키에게 나누어 주었지•
둘 다 제각기 열심히 경쟁하듯
더 높은 이자를 주겠다 하네
하여 나 그 어느 때보다 부유하지
믿음을 되찾았노라!
그들의 사랑을 믿게 되었고,
술잔에 담긴 그 믿음이
현재를 누리는 찬란한 감정을 허락하네
이러니 무슨 희망이 따로 필요하랴!

• 줄라이카는 사랑하는 소녀, 사키는 술 따르는 소년을 가리킨다.

조개를 떠난 진주

조개를 떠난 진주
고귀하게 탄생한 가장 아름다운 보석
착한 보석상에게 말해요
"길을 잃었어요!
내 몸에 구멍을 뚫으면
아름다운 나의 우주 금세 망가지고
나, 자매들과 함께 한 알 한 알 꿰어져
볼품없는 물건이 되어버려요."

"나는 오직 이윤만 생각하니
네가 날 용서해야겠구나.
내가 지금 잔인하지 못하면
어찌 너를 줄에 가지런히 꿰겠느냐?"

Goethe

. . . .

. . . .

. . . .

. . . .

. . . .

. . . .

. . . .

. . . .

. . . .

. . . .

. . . .

Talismane, Amulete, Abraxas
Inschriften und Siegel

어느 황제에게 재무관이 둘 있었지

어느 황제에게 재무관이 둘 있었지
한 사람은 거두는 일을,
한 사람은 내주는 일을 맡았다네
내주는 이는 두 손에서 돈이 술술 새어 나갔고
거두는 이는 어디에서 거둬야 할지 몰랐지
내주는 이가 죽자
황제는 그의 직책을 누구에게 맡겨야 할지 몰랐고
주위만 둘러보았다네
하여 거두는 자는 무한한 부자가 되었지
하루 동안 지출이 없으니
황금이 넘쳐 주체할 수 없었다네
그때 비로소 황제는
모든 파국이 어디에 있었는지
분명히 알아차렸지
하여 그 자리를 다시는 채우지 않았다네

좋구나

천상의 달빛 속에서
깊이 잠든 아담 보시고
여호와께서는 잠든 이브를 그 곁에
가만히 눕히셨네
이제 거기 지상의 경계 안에
신의 가장 사랑스러운 두 피조물이 누워 있네
"좋구나!"
걸작에 흡족하여 신께서 외치셨고
그 자리 떠나고 싶지 않으셨다네

처음 눈을 떠 서로의 눈 바라보면
마치 운명 지어진 짝 곁에
이미 와 있는 듯
서로에게 사로잡히는 것, 놀랄 일이 아니라네
이제 그분이 명하신다, 살아라!
단, 조건이 있으니, 항상 둘이어야 하노라!
신의 모든 피조물 중 가장 사랑스러운 그대
나의 이 두 팔이 지켜주리

은혜 입은 동물들

동물 넷도 낙원을 약속받았으니
성스럽고 독실한 이들과 함께
그곳에서 영원히 살리라

맨 먼저 나귀가 쾌활한 발걸음으로 온다
예수가 그를 타고
예언자들의 도시로 들어갔으니!

그다음 늑대가 반쯤 수줍어하며 온다
"가난한 자의 양은 그냥 두고
부자의 양은 물어가도 좋다."
무함마드가 그에게 명령했었지!

이제 쾌활하게 꼬리 치는 강아지가 온다
착실한 주인과 함께
잠자는 일곱 남자 곁을 충직하게 지켰었지!

아부 후라이라의 고양이도
주인 곁에서 갸르릉 아양을 떤다
언제나 예언자가 쓰다듬는 성스러운 동물이니!

272

Goethe

잘 자라

사랑스러운 노래들아
이제 내 민족의 가슴에 눕거라!
수호천사 가브리엘이
지친 자의 몸
사향 구름에 살포시 감싸주니
언제나처럼
만고의 영웅들과 기꺼이 어울려
바위 절벽을 쪼개고
신선하고 건강하게, 즐겁고 활기차게
드넓은 낙원을 행진하는구나
언제나 아름답고 새로운 곳,
온 사방으로 계속 번성하니
무수한 사람들이 즐거워하는구나
그래, 충직한 개도
주인 따라 함께 가거라

나를 울게 두오!

나를 울게 두오!
끝없는 사막에서 밤에 에워싸여 울게 두오
낙타들이 쉬고, 몰이꾼도 쉬고
아르메니아인 조용히 앉아 돈을 헤아릴 때
나, 그 곁에서 먼 길을 헤아리네
나와 줄라이카를 갈라놓는 먼 길,
그 길을 더 길게 늘리는 야속한 굽이굽이 자꾸 되풀이되네
나를 울게 두오!
우는 건 수치가 아니라오
우는 남자들은 선한 사람이었다네
아킬레우스도 그의 브리세이스 때문에 울었다오!
크세르크세스 대왕은 무적의 군대를 위해 울었고
알렉산드로스 대왕은 스스로 목숨을 끊은
친구를 생각하며 울었지
나를 울게 두오!
눈물은 먼지에 생명을 준다오
벌써 푸릇푸릇하구나

....
....
....
....
....
....
....
....
....
....
....
....
....
....
....
....
....

이탈리아 여행 중인 괴테, 〈캄파냐 로마나에 있는 괴테〉, 티슈바인, 1787

숨기기 가장 어려운 건

한 편의 시!

서랍에 가만히 넣어둘 수가 없지

새로이 노래하는 순간

시인은 그 노래에 완전히 매료되어

곱고 우아하게 종이에 적고

온 세상이 사랑해 주기를 바라지

시가 우리를 괴롭히든, 기운을 북돋우든

시인은 누구에게나 큰 소리로 기꺼이 시를 읽어준다네

-괴테, 〈고백〉 중에서

요한 볼프강 폰 괴테_ Johann Wolfgang von Goethe

1749년 독일 프랑크푸르트암마인에서 태어났다. 아들의 교육에 헌신적이었던 아버지 덕분에 어려서부터 그리스어, 라틴어, 히브리어, 프랑스어, 영어, 이탈리아어 등을 배웠다. 여덟 살에 시를 써서 조부모에게 선물할 정도로 문학적 재능을 타고났다. 대학에서 법학을 공부했으나 문학에 더 몰두했고, 열여덟 살에 첫 희곡 〈연인의 변덕〉을 썼다. 스물다섯 살에 발표한 《젊은 베르테르의 슬픔》은 전인적 자아실현의 이상을 추구한 서간체 소설로, 그에게 세계적 명성을 안겨주었다. 호메로스, 단테, 셰익스피어와 나란히 세계문학의 4대 시성(詩聖)으로 추앙받는 시인 괴테! 스물네 살에 구상하여 죽기 직전까지 60여 년에 걸쳐 집필한 운문 희곡 《파우스트》도 세계문학에서 빼놓을 수 없는 불후의 역작이다.

1786년 이탈리아 여행을 통해 고전주의 문학관을 확립했고, 1794년 독일 문학계의 또 다른 거장 실러를 만나 그와 함께 독일 바이마르 고전주의를 꽃피웠다. 시, 소설, 희곡을 통틀어 모든 장르에서 빼어난 작품을 남긴 그를 두고 하이네는 "머리끝에서 발바닥까지 천재"라고 예찬했고, 엘리엇은 "시인이라기보다 현인"이라고 경외했다. 정치인이자 철학자였으며, 해부학, 식물학, 광물학, 광학 등 자연 탐구에도 몰두한 과학자로서의 족적도 무시할 수 없는, 신으로부터 물려받은 재능과 열정을 남김없이 쓰고 후회 없이 살다 간 '종합적 지성'을 갖춘 작가로 평가받는다.

배명자 옮김

서강대학교 영문학과를 졸업하고 출판사에서 편집자로 8년간 근무했다. 이후 대안교육에 관심을 가져 독일 뉘른베르크 발도르프 사범학교에서 유학했다. 현재 바른번역에서 번역가로 활동 중이다. 《밤의 사색》《아비투스》《어두울 때에야 보이는 것들이 있습니다》《불확실성의 시대》 등 80여 권의 책을 우리말로 옮겼다.

쓰는 기쁨
괴테 시 필사집

나를 울게 두오!

초판 1쇄 인쇄 2024년 11월 15일
초판 1쇄 발행 2024년 11월 25일

지은이 | 요한 볼프강 폰 괴테
옮긴이 | 배명자
펴낸이 | 한순 이희섭
펴낸곳 | (주)도서출판 나무생각
편집 | 양미애 백모란
디자인 | O-H-! 박민선
마케팅 | 이재석
출판등록 | 1999년 8월 19일 제1999-000112호
주소 | 서울특별시 마포구 월드컵로 70-4(서교동) 1F
전화 | 02)334-3339, 3308, 3361
팩스 | 02)334-3318
이메일 | book@namubook.co.kr
홈페이지 | www.namubook.co.kr
블로그 | blog.naver.com/tree3339

ISBN 979-11-6218-325-0   03850